ポケットのはらうた

童話屋

「ポケットのはらうた」目次

画　ほてはまたかし
装幀　島田光雄

「し」をかくひ

かぜみつる

ゆうべ
くりのきのとこ　とおったら、さ
みのむしのやつ　ないているのさ
こわいゆめ　みたのだって
まだちいさいし、な
むりないよ

おれ　あしたのぶんに　とっておいた
そよかぜをだして　ゆすってやった
みのむしのやつ　わらってねむったぜ

あんまり　かわいくて、さ
とうとう　そよかぜ　ぜんぶ
つかっちまって、さ
だから　おれ　きょう　おやすみ
ひまだから「し」かいてるの

いのち

けやきだいさく

わしの　しんぞうは
たくさんの
ことりたちである
ふところに　だいて
とても　あたたかいのである

だから　わしは
いつまでも
いきていくのである
だから　わしは
いつまでも
いきていて　よいのである

でたりひっこんだり

かたつむりでんきち

カラから　かおを　だすときは
ぐるぐるぐる　にゅ
カラに　かおを　ひっこめるときは
るぐるぐるぐ　ぴしゃり

ぐるぐるぐる
るぐるぐるぐ
ぐる　るぐ　ぐる　るぐ
めが　まわりますので
おやすみなさい

あいさつ

へびいちのすけ

さんぽを　しながら
ぼくは　しっぽに　よびかける
「おおい　げんきかあ」
すると　むこうの　くさむらから
しっぽが　ハキハキ　へんじをする

「げんき　ぴんぴん！」
ぼくは　あんしんして
さんぽを　つづける

おれはかまきり

かまきりりゅうじ

おう　なつだぜ
おれは　げんきだぜ
あまり　ちかよるな
おれの　こころも　かまも
どきどきするほど
ひかってるぜ

おう　あついぜ
おれは　がんばるぜ
もえる　ひをあびて
かまを　ふりかざす　すがた
わくわくするほど
きまってるぜ

てれるぜ

かまきりりゅうじ

もちろん　おれは
のはらの　たいしょうだぜ
そうとも　おれは
くさむらの　えいゆうだぜ

しかしなあ
おれだって
あまったれたいときも
あるんだぜ
そんなときはなあ
おんぶしてほしそうな
かっこになっちまってなあ
・・・・・・
てれるぜ

うみへ

おがわはやと

ぼくは
いつか　きっと
うみを
くすぐってやる

ひかるもの

からすえいぞう

さんぼんまつの　うえから
ひかるものを　みつけた
とんでいくと
ちいさな　みずたまりだった
さっきの　ゆうだちで
できたのだな

「おまえ　ひかってるぜ」
みずたまりは「うふふ」といった
みずたまりと　おれは
ゆうやけをみながら
しばらく　はなしした

「おまえ　じつに　ひかってる」
もういちどいって　わかれた

うちに　つれていけないものな

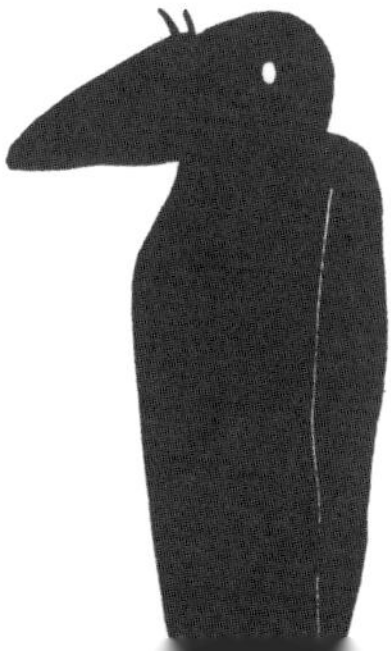

くらし

きりかぶさくぞう

わしは
いちにちじゅう
「どっこいしょ」を
している

ひかりと　やみ

ふくろうげんぞう

みあげれば
よぞらの　ほしが
まつりのように　まぶしい

ああ
ひかるためには
くらやみも　ひつようだ

はるなつあきふゆ

こりすすみえ

はるがくるのは　よくわかる
まつげの　ねっこが
しゅんしゅん　うるむ

なつがくるのは　よくわかる
ちいさい　てのひら
みどりに　そまる

あきがくるのは　よくわかる
まえば　こつんと
くるみを　かじる

ふゆがくるのは　よくわかる
ふかふか　しっぽが
まくらに　なった

おしらせ

うさぎふたご

みみのさきの
すべすべ　やわらかいところが
いちばんさきに
はるになります

それから　しばらくして
のはらじゅうが
はるになります

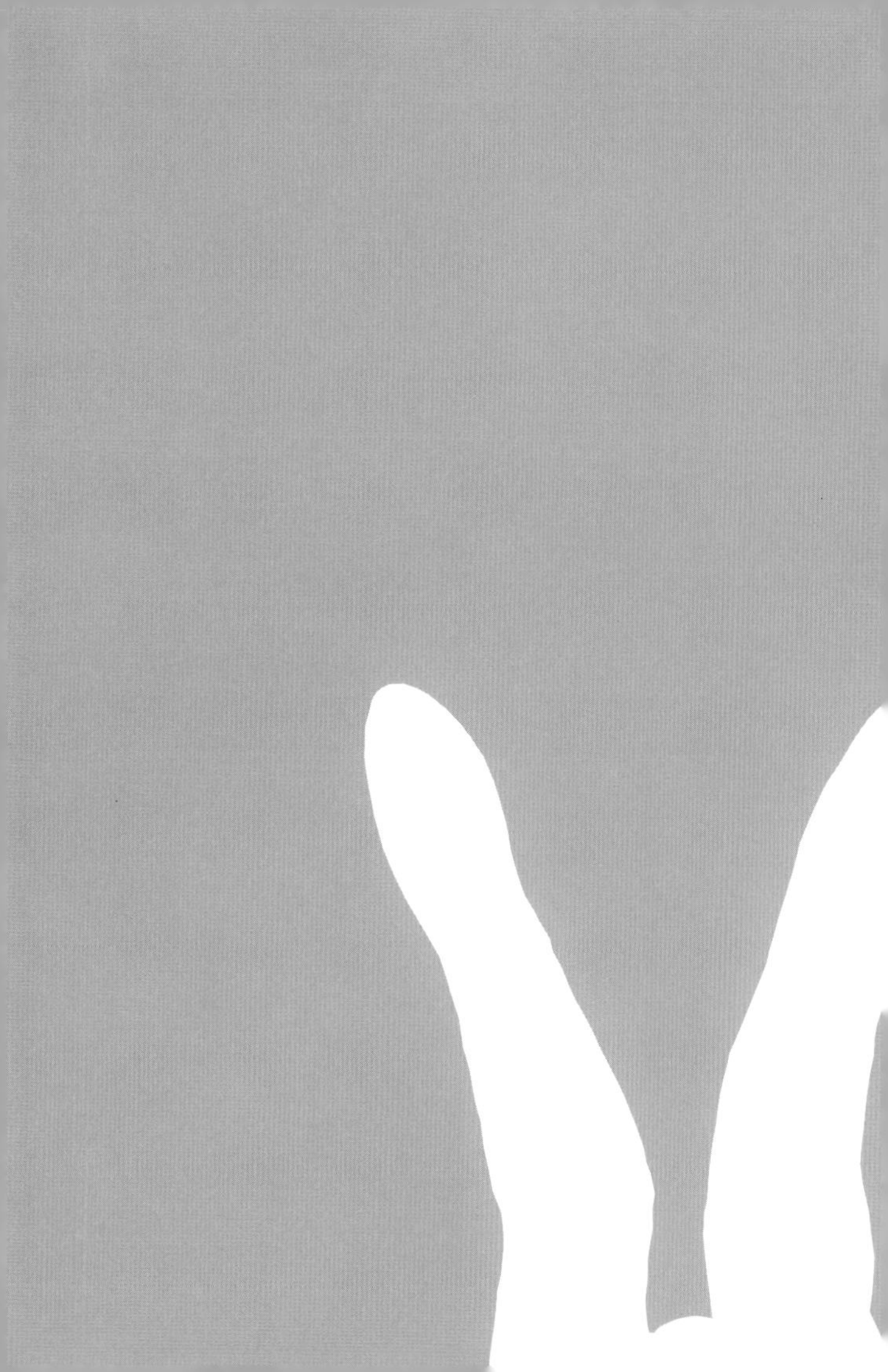

けっしん

かぶとてつお

つよく
おおしく
いきる！
それが　ぼくのけっしんです

でも　ときどき
むねの　やわらかいところが
なきたくなるのね
・・・・・・
なんでかなあ

はきはき

みのむしせつこ

ひとりで　ブランコしていたら
とんぼが「あそぼう」と
とんできました
わたしは「はい」というかわりに
かくれてしまいました

そのよる　ねどこのなかで
へんじの　れんしゅうをしました
「はい！あそびましょ
はい！あそびましょ
はい！あそびましょ」

あしたは
はきはき　へんじできますように
あしたも
だれかが　あそびにきますように

えがお

いけしずこ

うれしいことがあると
こころのなかに
さざなみが　ひろがります
さざなみは
わたしの　えがおです

おにあい

いしころかずお

おにごっこしてた　もんしろちょうが
ひとやすみして
ぼくに　とまった
ぼく　ちょうネクタイして
よそいきみたい

もじもじしてたら　もんしろちょうが
「あたしたち　おにあいね」といった
うひゃっ「おにあい」だって！
・・・きょうのこと
　にっきにかいておこう

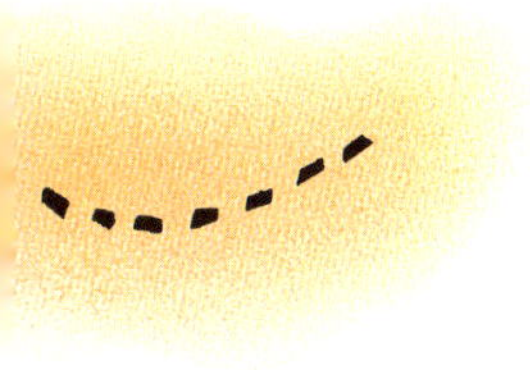

たんぽぽはるか

ねがいごと

あいたくて
あいたくて
あいたくて
あいたくて
・・・

きょうも
わたげを
とばします

おいわい

にじひめこ

きょうは
うれしいことがありましたので
のはらに
リボンをかけました

おまじない

みみずみつお

こわいとき　となえる
おまじないがある
じぶんにむかって
こういうんだ

「おい、ぼくよ
ぼくがいるから
だいじょうぶ
ぼくがいるから
だいじょうぶ」

すると
ぼくがふたりいるみたいで
げんきになる

ひなたぼっこ

こねずみしゅん

でっかい　うちゅうの　なかから
ちっぽけな　こねずみ　いっぴき
みつけだして
おでこから　しっぽのさきまで
あたためて　くれるのね
・・・・・

おひさま
ぼく
どきどきするほど　うれしい

どんぐり

こねずみしゅん

どんぐりが　ぽとぽとり
やぶのなか　ころころり
のねずみが　ちろちろり
おいしいぞ　かりこりり

まっすぐについて

いのししぶんた

ぼくの　もくひょうは
まっすぐ　はしること
それも　ただの
「まっすぐ」じゃない

うんとまっすぐ
とにかくまっすぐ
すごくまっすぐ
だんぜんまっすぐ
とてもまっすぐ
しっかりまっすぐ
じつにまっすぐ
きっちりまっすぐ

なのだ
では　ようい　どん！

やまのこもりうた

こぐまきょうこ

こぐまが　ねむくなるときは
きのみが　ぽとんと　おちるとき
ひとつぶ　ぽとん
もひとつ　ぽとん
つづけて　ぽとん
まだまだ　ぽとん

ぽとぽと　ぽとん
おまけに　ぽとん
ねむくてねむくて　おやすみなさい

こぐまが　ねむくなるときは
きのはが　はらりと　おちるとき
いちまい　はらり
もひとつ　はらり
つづけて　はらり
まだまだ　はらり

はらはら　はらり
おまけに　はらり
ねむくてねむくて　おやすみなさい

うまれたて

あげはゆりこ

おひさまの　あいずで
めをさましました
さなぎの　ゆりかごから　とびだし
ゆっくり　はねを　のばしました

（いまだ！）

わたしは　かぜのふねに　のりました

だいすきな　だれかに

であうために

・・・・・

あたらしい「きょう」です

あたらしい「わたし」です！

こうきしん

こぶたはなこ

わたしは　なににでも
はなを　つっこみます
つまり「こうきしん」なのね
「こうきしん」を
パラパラっと　ふりかけると

せかいじゅうが
おいしくなります

みず

こぶたはなこ

わたし　みずたまり　すき
みずたまりで
あしぶみするのが　すき
あしぶみして
どろんこできるのが　すき

どろんこで
すべって　ころぶのが　すき
ばしゃ　びちゃ　ちょぴ
くちゃ　つるん　ころり
まっくろけ！
・・・・・・
わたし　みずあびも　すき

おもいで・ポケット

わたしは「おもいで・ポケット」を　もっています
そこには　いいにおいや　ひかり　「のはらうた」などが
はいっていて　ねるまえに　それを　たのしみます
この　ほんは　みんなのポケットに　はいっている
「のはらうた」を　おしえてもらい　まとめたものです
えも　そえたので　「ポケットえほん」　みたいになったよ
あなたのポケットには　なにが　はいっているかな?
わたしのポケットには　おけらりょうたくんも　いてね
「おやすみ」という　うたを　うたっているんだよ

すなつぶ　まくらに　めをつぶって
ちっちゃなこえで　いったんだ
――おやすみなさい　ちきゅう
そしたら　おなかのしたから
しずかなこえが　きこえたんだ
――あさまで　だいててあげよう
わあい　こんやは　よくねむれるぞ

このうたを　りょうたくんといっしょに　うたうと
まるで「ちきゅう」に　だっこされて　ねむるみたいでね
とても　きもちよく　ねむれるよ　ためしてみてください

かわいい　はなびら…ひらひらの　ちょうちょ…
まぶしい　わたぐも…ひろびろの　うみ…
まいにち　あなたの「おもいで・ポケット」のなかに
すばらしい　うたやおもいでが　すこしずつ　すこしずつ
つみかさなり　あふれていきますように

あのね「のはらみんな」の　なかまは　この　ほんに
「ぽけ・のん」って　アダナつけてるんですよ　あはは

のはらみんなのだいりにん
くどうなおこ

「ぽけ・のん」なんて　くどうさんがいうもんだから
おなかがよじれちまって　さ
こんなに　なっちゃいました

みみずみつお
こと　しまだみつお

わしも　めをぱちくりさ
みつおくんとふたりして　おへそが　ちゃを　わかしたよ
(あれ？　おへそなんて　あったっけ？)

ふくろうげんぞう
こと　たなかかずお

出典一覧

「し」をかくひ　かぜみつる「のはらうたⅠ」
いのち　けやきだいさく「のはらうたⅠ」
でたりひっこんだり　かたつむりでんきち「のはらうたⅠ」
あいさつ　へびいちのすけ「のはらうたⅠ」
おれはかまきり　かまきりりゅうじ「のはらうたⅠ」
てれるぜ　かまきりりゅうじ「のはらうたⅡ」
うみへ　おがわはやと「のはらうたⅠ」
ひかるもの　からすえいぞう「のはらうたⅠ」
くらし　きりかぶさくぞう「のはらうたⅠ」
ひかりと　やみ　ふくろうげんぞう「のはらうたⅣ」
はるなつあきふゆ　こりすすみえ「のはらうたⅠ」
おしらせ　うさぎふたご「のはらうたⅡ」
けっしん　かぶとてつお「のはらうたⅡ」
はきはき　みのむしせつこ「のはらうたⅡ」
えがお　いけしずこ「のはらうたⅡ」
おにあい　いしころかずお「のはらうたⅢ」
ねがいごと　たんぽぽはるか「のはらうたⅢ」
おいわい　にじひめこ「のはらうたⅢ」
おまじない　みみずみつお「のはらうたⅢ」
ひなたぼっこ　こねずみしゅん「のはらうたⅣ」
どんぐり　こねずみしゅん「のはらうたⅠ」
まっすぐについて　いのししぶんた「のはらうたⅣ」
やまのこもりうた　こぐまきょうこ「のはらうたⅠ」
うまれたて　あげはゆりこ「のはらうたⅣ」
こうきしん　こぶたはなこ「のはらうたⅣ」
みず　こぶたはなこ「のはらうたⅠ」

おやすみ　おけらりょうた「のはらうたⅡ」

くどう　なおこ（工藤　直子）

一九三五年に生まれる。鳥・虫・草・花・空・風・雲などを主人公に、詩や童話を書いている。主な著書に、『のはらうた』『ゴリラはごりら』『ねこ　はしる』（童話屋）『てつがくのライオン』『ともだちは海のにおい』（理論社）『地球パラダイス』（偕成社）『なんとなく・青空』（文化出版局）『こころはナニで出来ている？』（岩波現代文庫）など。

しまだ　みつお（島田　光雄）

一九三二年に生まれる。千葉大学工学部卒。グラフィックデザイナー。童話屋を田中和雄と一緒に創業。童話屋で出版する詩集・絵本すべてのデザイン装幀をする。

ほてはま　たかし（保手浜　孝）

一九五一年に生まれる。奈良教育大学卒。中学と小学校で美術・図工の教師をする。八二年「絵が描きたくて」山口県に転居、油絵と版画を制作。「のはらうたカレンダー」を八七年から作り続ける。絵本に『ちいさな　はくさい』『おいで、フクマル』（くどうなおこ作・小峰書店）など。

童話屋の本は
お近くの書店でお買い求めいただけます。
弊社へ直接ご注文される場合は
電話・FAX などでお申し込みください。
電話 03-5305-3391　FAX 03-5305-3392

ポケットのはらうた

二〇一七年五月五日初版発行
二〇二二年四月九日第三刷発行
詩　くどうなおこ
画　ほてはまたかし
発行者　岡充孝
発行所　株式会社　童話屋
〒166-0016　東京都杉並区成田西二―五―八
電話〇三―五三〇五―三三九一
製版・印刷・製本　株式会社　精興社
NDC九一一・一一二頁・一五センチ

ISBN978-4-88747-132-0